# 克瓦特探案集

⑨

## 不要亲吻侦探

［德］于尔根·班舍鲁斯 著

［德］拉尔夫·布茨科夫 绘

宋宇/刘景姝 译

汉斯约里·马丁奖

德国优秀青少年侦探故事小说奖

百花洲文艺出版社
BAIHUAZHOU LITERATURE AND ART PRESS

## 图书在版编目（CIP）数据

不要亲吻侦探/（德）班舍鲁斯著；（德）布茨科夫绘；宋宇，刘景姝译.—南昌：百花洲文艺出版社，2015.10
（克瓦特探案集）
ISBN 978-7-5500-1555-5

Ⅰ.①不… Ⅱ.①班… ②布… ③宋… ④刘… Ⅲ.①儿童文学-侦探小说-德国-现代 Ⅳ.①I516.84

中国版本图书馆CIP数据核字（2015）第243722号

© Detektive küsst man nicht  Ein Fall für Kwiatkowski. Bd.17 (2007)
© Die Mozzarella-Falle  Ein Fall für Kwiatkowski. Bd.18 (2008)
by Arena Verlag GmbH, Würzburg, Germany.
www.arena-verlag.de
Chinese language edition arranged through HERCULES Business & Culture GmbH, Germany
Translation copyright © 2015 by shanghai 99 Culture Consulting Co.Ltd.

江西省版权局著作权合同登记号：14-2015-0223

## 不要亲吻侦探　克瓦特探案集⑨

〔德〕于尔根·班舍鲁斯　著　〔德〕拉尔夫·布茨科夫　绘
宋宇　刘景姝　译

| | |
|---|---|
| 出 版 人 | 姚雪雪 |
| 责任编辑 | 王丰林　郝玮刚 |
| 特约策划 | 尚 飞　杨 芹 |
| 封面设计 | 李 佳 |
| 出版发行 | 百花洲文艺出版社 |
| 社　　址 | 南昌市红谷滩新区世贸路898号博能中心A座9楼 |
| 邮　　编 | 330038 |
| 经　　销 | 全国新华书店 |
| 印　　刷 | 山东德州新华印务有限责任公司 |
| 开　　本 | 889mm×1194mm　1/32 |
| 印　　张 | 5 |
| 版　　次 | 2016年2月第1版第1次印刷 |
| 字　　数 | 43千字 |
| 书　　号 | ISBN 978-7-5500-1555-5 |
| 定　　价 | 16.00元 |

赣版权登字：05-2015-407

网址 http://www.bhzwy.com
图书若有印装错误，影响阅读，可向承印厂联系调换。

**目 录**

# 克瓦特探案集

## 不要亲吻侦探

宋宇 译

当我才 1 岁，还在吮大拇指的时候，我就非常喜欢乘电梯了。有一段时间，我甚至想成为一名电梯司机，当然，只在世界最高的摩天大楼里开电梯。我不能想象，还有什么能比这项工作更美的事：从早到晚在 80 层的高楼里上上下下地滑行。

只是后来，我发现我对私家侦探的工作更感兴趣。不过几个星期以前，在我接手了一个案件后，

我对电梯的热情才彻底冷却。

　　故事发生在快放暑假的一个星期六早晨。

　　在我和妈妈一起吃完一筐小面包，喝完一大壶可可饮料后，我还想要一包我喜欢的口香糖。可是我最后的一小包也已经吃完了——就

像我的小钱包一样空空如也。

"唉，妈妈！"我说。

"嗯？"她含含糊糊地应了一声。

"你能否借给我一个1欧元的硬币？"

她放下报纸，说："明天才给零花钱。"

"但是，我现在就需要我的口香糖。"我恳求她道，"你是知道的，没了口香糖我就不能思考问题！"

"你忘了，你还应该还我4欧元呢。"她说，"自从圣诞节以来，我一直在等你还钱，亲爱的！"

"你会得到这笔钱的。"我向妈妈保证完又附加了一句，"很快。"虽然我根本不知道，怎样来解决这件事，但是我想只要有坚定的信念，这件事就能迎刃而解。

妈妈从厨房的柜子里拿出小钱包，把一个1欧元放在我的手心里，说："限你一个星期的时间。"接着，她又叽里咕噜地抱怨着说，"如果你不能把我的5欧元还给我，那么你必须在每个星期五打扫浴室。"

在奥尔佳的售货亭里，此时生意不是很忙。一个胖男人，穿着皱皱的运动衣，在让人为他包装两根名贵的古巴雪茄烟。一个小女孩，嘴角脏兮兮的，在买一包糖果魔袋。然后就轮到我了。

"哈罗，我可爱的孩子。"奥尔佳这样问候

我，"你要多少包？"

我把1欧元放在柜台上。"给我一包。"我

说，"还有，不要叫我'可爱的'！"

"好的。"她说。她给了我卡本特牌口香

糖，然后把那1欧元放进了她的钱箱。

"顺便提一下。"她说，"我有一个案件给

你。你有兴趣吗？"

这还要问！"赶快说吧。"我说。

她把一张纸条塞在我的手里。

保罗·保尔森
运河大街1号

"这个人想要我干什么?"我问。

"不知道。"她回答说,"我只负责转告。如果你有时间的话,明天下午去拜访他,四点钟。五点钟,他必须去飞机场。你要知道,他是飞行员。"

在我的侦探生涯中,我还没有和

飞行员打过交道。尽管如此，我还是不愿意到一个完全陌生的人的家里去。

我把我的这些想法，老老实实地全部告诉了奥尔佳。

　　"保罗是一个和蔼可亲的人。"奥尔佳向我保证。

　　"尽管这样。"我很坚定地表示了拒绝。

　　她把一根香烟放进嘴里，但是没有点燃它。

　　"明天我休息。"她说，"要我一起去吗?"

　　我点了点头。

　　"那好，四点钟我来接你。"

　　一般来说，运河周围并不是我喜欢玩的地方。

　　所以我并不知道，在码头边上已经盖起了

一幢高楼。这幢楼有40层，真可以和纽约或者上海的高楼媲（pì）美了。在大楼进门处，有几个金色粗体大字：

**码头公寓**

我们按了按门铃，没等多久，门边的扬声器里就传来了声音："上楼来。"

还不到一分钟的时间，电梯已经直升到了第37层。我还没乘过这种快速电梯。奥尔佳和我正好相反，她好像对乘电梯并不享受。她把眼睛睁得大大的，一直盯着电梯里的层楼指示牌。当电梯门打开时，她好像才彻底松了口气。

我眼前的这位飞行员穿着一身蓝色的制服，是一个小个子的男人，但是，他力大无穷。当他微笑着和我握手时，我几乎被他拽得要跪倒在地上。

"他就是你说的侦探?"他对奥尔佳说，"你不认为他有点年轻吗?"

奥尔佳用手臂搂着我的肩膀，说："但他是最好的侦探，保罗。我向你保证。"

我从奥尔佳的手臂中挣脱

出来，向窗户走去。从
这里往下望，街上的行
人都变成了蚂蚁，汽车
都像玩具一样。

"真吓人。"我喃喃自语地说。

"让我们言归正传吧。"飞行员说完，看了
看他的手表，"有人想闯入我的房间行窃。"他
还提到，他房门的安全锁上有被人刮过的痕
迹，此外，房门手柄上的螺丝也被人拧松了。

"当你回家时，门是锁上的吗？"我问。

他点了点头。

"你有东西被偷走了吗？"

"没有，这我很清楚。特法克。"

"克瓦特。"我纠正了他。然后，我又问："除了你，还有谁有你的房门钥匙？"

"只有大楼管理员有。"他回答。

"他怎么说呢？"

"他以他的孩子和孙子的生命发誓，没有我的同意，他是绝对不会进入我的房间的。"飞行员回答说。

"还有其他什么情况吗？"我问。

"当然！"他喊了起来，"昨天晚上和今天中午，电梯突然在中途停住了。我当时正在电梯里啊！我两次都卡在 23 层和 24 层之间。我的脚下是万丈深渊！而我的头顶上方，是两条细细的钢丝绳，相信我，肯定是有人故意冲着我来的!"

怪人!

我的大脑里

不禁冒出这样

一个想法。因为,

一个每天坐在机舱

里、在高高的云层上驾

驶飞机的人,几万公里

的飞行对他而言只是家常

便饭,现在却为卡在电梯

里而激动得要命。

"然后呢?"我问。

"还用问?我当然是

按了紧急按钮。"他回答，"尽管这样，我还是

等了一刻钟，电梯才继续开动。"

"当时就您一个人在电梯里？"

他点了点头。

"这个电梯事故，也可能只是一次偶然。"

我说。

"那么，门锁的刮痕又是怎么

回事呢？"奥尔佳插嘴道，"这也是

偶然的吗，克瓦特？"

"不是。"我回答说。

"本来我想让警察来处理这件

事。"保罗·保尔森说，"但是奥尔佳认为，你

比所有的警察都要好。"

她说得当然有道理。

"你接受这个案子吗?"他问。

我点了点头。

"你要多少报酬?"他问,"我听说,如果破案成功,你的报酬是五包口香糖。"

正在这时,我的大脑里突然涌出了一个

主意,突
然我知道
我应该怎
样对付每
星期五打
扫浴室的
事了。

"这次的报酬是五个 1 欧元硬币。"我说。

"一言为定。"飞行员在他的制服口袋里掏出一串钥匙，交给了我。

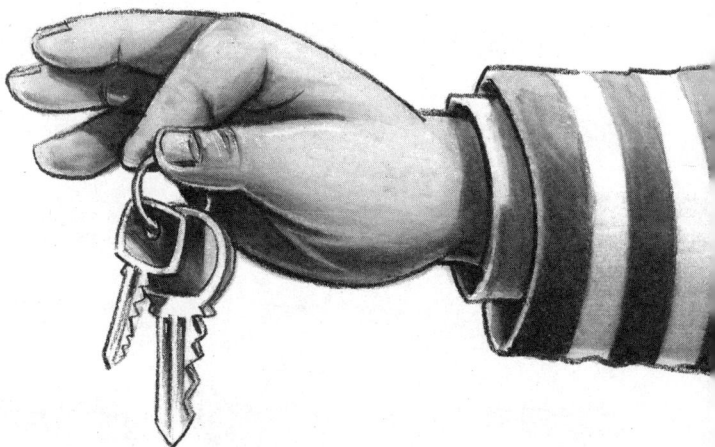

"这样，你就可以在我的房间里自由进出了。"他向我解释说，"对不起，我必须走了。纽约，你们知道的，明天晚上我就回来。"

当我们一起乘电梯到底楼时，我问他："您有仇人吗？"

飞行员毫不犹豫地回答说："没有，这我很确定。"

当奥尔佳把我送回家后，我想，这是一件棘手的案件，非常棘手。也正因为棘手，我才喜欢。

上一次，我在我们城市的地下水道里作侦查，奔跑在地底很深的臭水道里，脏水一直没过脚踝；这一次，我要在一幢高楼大厦里侦查，而我最喜欢的就是高楼大厦。

亲爱的学生们，
最后**2**节
课取消，
因为学校的
厕所堵塞了！

第二天，学校里的最后两节课取消了。所以，我在吃午饭前就去了码头公寓。首先，我要检查保罗的房门锁。走廊里有几扇大玻璃窗，光线透过玻璃窗照射进来，使得门锁上的刮痕清晰可见。

我对着发光的门锁表面呵气。太遗憾了！

这个入室盗窃犯没有留下手指印。显而易见，他在作案时戴了手套。

　我是在和一个专业的盗窃犯打交道吗？如果我的判断没有错，那么这人应该不是专业的。因为一个专业的盗窃犯没有必要拧松房门把手上的螺丝。他完全可以使用电钻机。这种电钻机带有特殊的装置，稍为用点力，就可以把门打开。

　唯一对破案有参考价值的线索是：我在门前的地毯上找到了一根黑色的长头发。我小心地把它放进了塑料保鲜袋里。

奥尔佳是一头金色的头发，这根黑头发肯定不是她的。

自从我上次来了以后，房间里看起来没什么变化。在厨房的洗碗池里堆放着用过的脏餐具，客厅的地板上有两张报纸，其他一切都收拾得井井有条。没有一点蛛丝马迹能说明，这里曾经有陌生人来过。

我小心谨慎地锁上房门，向电梯走去。在接下来的几个小时里，我乘着电梯，不停地在底楼和 40 楼之间，风驰电掣（chè）般上下行驶。

我希望能在我乘电梯的这段时间里，某个嫌疑人也上了我的电梯，这样我就可以不露痕迹地跟踪他。但是，我白费心机了。电梯只有两次进了人：一次是一个女人牵着一条大狗，从 10 楼乘到 11 楼；后来是一个男人带着一对双胞胎，从底楼乘到 24 楼。其余时间，就只有我一个人。

我在底楼闲逛了一会儿，就结束了我的侦查工作。如果我抓紧时间的话，我还能准时回去吃午饭。目前看来，似乎是一个完全业余的盗窃犯想进入保罗的房间作案。要

么是他自动放弃了作案，要么是他被某个大楼的居民干扰了，不得不中断盗窃行动。可是，被卡住的电梯又是怎么回事呢？真的有人在操控电梯的运行装置吗？

不过，任何一部电梯都有被卡住的时候，这种事在世界各地都会发生。

噢，我的神探卡莱·布鲁姆奎斯特啊！这是多么棘手

的案件啊！

在去公共汽车站的路上，我把一块口香糖塞进了嘴里。我的大脑马上就高效率地运转起来。

在《私家侦探基本守则》里，有许多条金科玉律。第八条是什么呢？——"如果你不能找到作案人，那就让作案人来找你。"

千真万确，就是这样！我已经知道我该怎样做了。

晚上，我试着给保罗打电话。但是，一直拨到第十次时，我才拨通了他的电话。他说：从纽约飞回来时，他们遇到了强大的逆风，因此，飞机晚点了两个小时才着陆。现在，他只想冲浴，然后上床睡觉。他请求我，说得简单扼要一些。

一开始，他对我的计划根本不感兴趣，他认为没有人会钻入这种傻圈套的。但是，我顽固地坚持自己的想法。最后，他终于让步了。

"明天下午两点钟过来。"他说，"但我的时间很紧。"

"好的。"我向他告别时对他说，"祝您冲浴快乐！"

我挂了电话以后，又拨了奥尔佳的电话。"请你明天把缝纫用品带来。"我说。

"什……什……什……么？"

她结结巴巴地说。

"缝——纫——用——品，奥尔佳。"

"你要这个干什么？"她想知道。

"让你有个惊喜。"


深夜，我梦见一部电梯，它载着我爬上

了 8000 层的摩天大厦。那是特快电梯，比码头公寓的电梯还要快很多。当到达第 8000 层时，电梯冲破摩天大厦的屋顶，呼啸着向黑色的太空疾驶而去，一直朝月亮的方向飞去。这时，月亮正像一个巨大的圆盘挂在天边。但是，不知什么时候，电梯的速度缓缓地慢了下来，我们开始下降。一开始很慢，后来越来越快。我惊恐万分，拼命地叫喊……

等我惊醒时，我发现自己正躺在床前的地板上。我还没钻进温暖的被窝，妈妈已经奔进了我的房间。

"出什么事了？"她喊道。

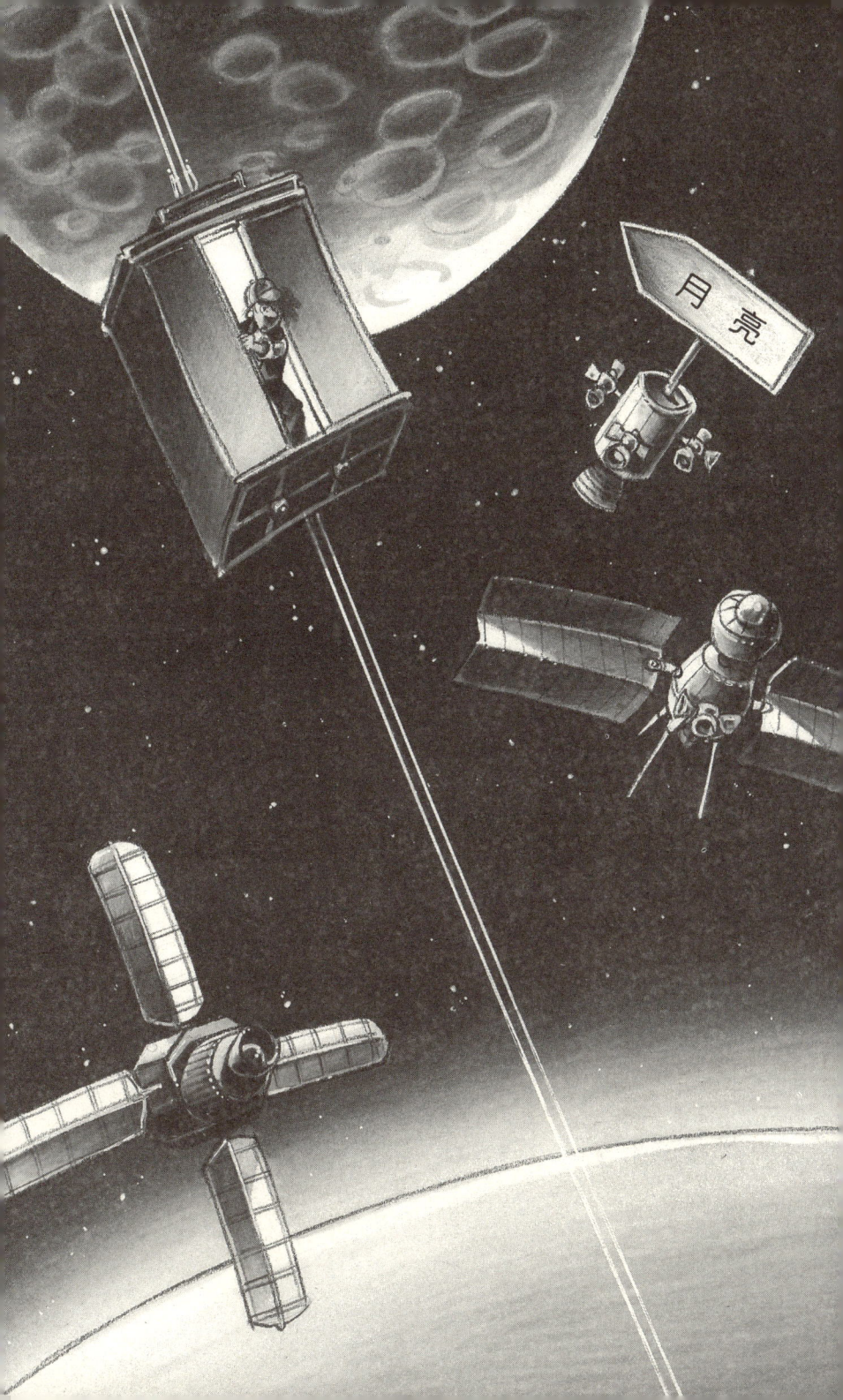

"我做梦了。"我嘟嘟哝哝地一边说着，一边转过身子，面朝着墙壁。我没有兴趣和妈妈在深夜里谈论摩天大厦或者电梯的事。

"那你再睡会儿吧。"她低声说完，在我的脖子上亲了一下，然后轻手轻脚地离开了我的房间。

第二天，妈妈在医院里值晚班。当我放学回家时，她已经去医院了。烤箱里等着我的是小米烤饼。小米烤饼不是我喜爱吃的，多亏上面洒了大量碾碎的干奶酪，这烤饼才能进入我的胃。

收拾完早餐的脏盘子，并把它们洗干净以后，我朝 31 路公共汽车站奔去。我要去码头公寓。

保罗·保尔森已经在等着我，沙发上放着一套蓝色的制服和帽子。"这套制服对你来说是否太大了？"他问。

"没问题。"我说。

他拿起衣帽架下的箱子，说："我必须走了，飞机还等着呢。"

"您什么时候回来？"

"一个星期以后。"

我把制服和帽子夹在胳膊下，跟在飞行员后面进了电梯。

当电梯开动时，他问："如果这样破不了案，那该怎么办？"

对于这个问题，我犹豫着不知道该如何回

答。老实说，我自己也不能完完全全地保证，我的计划一定能够成功。"那么就要您亲自上阵了。"我终于回答说，"您自己必须当一次诱饵。"

"这是根本不可能的！我绝对不干这种事，克法克！"

"克瓦特。"我友好地纠正他，"我叫克瓦特。"

当我来到奥尔佳的售货亭时，我的好朋友睁着大眼睛问我："你要制服干什么？"

"穿！不然还能干什么？"

"但这是保罗的制服！"她叫了起来。

"他借给我了。"我回答说。然后，我把我的计划告诉了她。

"这能行吗?"她一边问，一边皱起了鼻子。

"你有更好的主意吗?"我反问她。

接下来的半小时充分证明了奥尔佳真是一个心灵手巧的女裁缝。她改短了制服的袖子和裤腿，用针把那些该缝的地方都缝了起来。我的这位老友还有什么不会做的呢? 我越来越敬佩她了。

奥尔佳像变魔术似的从她的手提包里掏出了一面镜子，放在我的面前。

"你觉得怎么样？"我问她。

"你穿着制服，看上去很可爱，克瓦特。"她回答说，"太迷人了！真想咬你一口！"

我马上退后了几步。因为我相信奥尔佳真的会做这种事，就像她刚才威胁我的那样，她真的会咬我的。

我戴上保罗·保尔森的帽子，这样我的乔装打扮就十全十美了。这套制服就像特地为我做的，太合适了。我和飞行员的头好像一样大。

"现在呢?"我问。

"你真的想知道?"

"是啊。"

"很遗憾,我的天使。你看起来始终是'克瓦特'。"她回答说。

"没关系。"我说,"反正别人是不会仔细看的。再见,奥尔佳。十分感谢!"

奥尔佳抓住我的胳膊说:"这运动鞋!没有人穿运动鞋配制服。"

"那么我就是第一个。就像我刚才说的,反正别人……"

"……是不会仔细看的。"她马上接着我的话说,"祝你好运,克瓦特。"

身上穿着宽大的制服，头上戴着飞行员的帽子，走在路上，真有些滑稽。一开始，我几乎不敢抬头看人，但慢慢地我越来越有勇气。看起来，好像我的乔装打扮根本没引起别人的注意。没有人发表令人不愉快的议论，甚至连那些同学们（他们正在市政府大楼前的车站等车）也没有注意到我。当我走到运河大街时，一个男人甚至和我打招呼："哈罗，保

罗先生。"这时，我知道我的计划已经成功了

第一步。现在要做的是，必须让那个作案人上

钩。当然，得真的有这样一个人才行……

在去摩天大楼的路上，我给自己留了一些时间。如果有人想暗中监视我，那他就可以很轻松地跟踪我。就如金科玉律里说的：如果你找不到作案人，就让他来找你……

我走进码头公寓的电梯，按下按键"37"，电梯马上就蹿了上去。但是，没过多久，电梯猛然停住，我差点就摔倒了——完全像保罗·保尔森说的那样，电梯正好卡在第23楼和24楼之间。

当我从惊吓中缓过气，我立刻想到了一点：正如我所预料，那个陌生人上钩了。现在我必须尽快地从电梯里出来。我不耐烦地按着紧急按钮，又不得不等了一会儿，一个低沉的男音才从电梯楼层按钮旁边的扩音器里传了出来："什么事？"

"我被卡住了！"我叫道。

"哪里？"

"在23楼和24楼之间！"

"这个该死的电梯。"这声音说，"我来处

理，但得花点时间。"

"多长时间?"我喊道。

这时，我感到电梯里越来越热。这种感觉仅仅是我的幻觉，还是真实的?

"该死的!"从扩音器里传来了声音，"我怎么知道……"

声音中断了几秒，稍后，对方似乎稍缓了口气才接着说："我会赶紧的。"

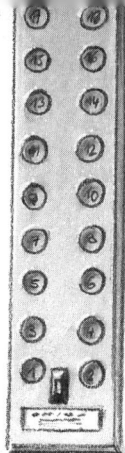

当我等待救援时，我蹲在电梯的一个角落里。在我的下方，是 60 米的深渊，此外什么都没有，多亏了那两根细细的钢丝绳，我才没有坠落下去。我试图把这可怕的想法从我的脑子里驱逐出去，但没有成功。

　　这几分钟过得就像电影里的慢镜头一样缓慢，我越来越害怕。这时，我的大脑里只有一个想法：我要出去！我要从这里出去！

　　当我已经不抱任何希望时，电梯突然震动一下，又继续开动了。它缓缓地在第 24 层楼停住，门开了。一个强壮的男人，穿着灰色的短袖工作服，等在电梯门口。

"一切都好吗？"他问道。

一点也不好——那个作案犯肯定已经逃之天天了。尽管这样，我还是向那个男人点了点头。

这个男人好像这时才开始注意我。"您是……你根本就不是保罗先生！"他喊了起来。

当他从惊讶中反应过来后，马上抓住我的手臂，把我从电梯里拉了出来。"你在这里干什么，小孩？老实交代！"

"我是克瓦特。"我回答说，"私家侦探。"

"私……私……私……"这男人结结巴巴地说着，放开了我。

"您是谁？"

"呀……我……是……唉……大楼管理员。"他终于说了出来。他看上去好像仍然处于震惊之中。

一个10岁的私家侦探，穿着飞行员的制服，他肯定不是每天都能碰到的。当我告诉他，我为什么在这里时，很明显，他那小小的灰色脑细胞又开始活跃起来。

"所以，你乔装打扮成这样，"他说，"是为了让那个入室盗窃犯暴露自己。"他皱起眉头又说，"你认为，也是这个盗窃犯让电梯卡住不动的？"

"这完全有可能。"我回答说。

"如果是这样的话，我要报告警察！因为每个人都有可能进来……"

大楼管理员叫了起来。

"这就算了吧。"我打断他的话说，"那个人早就逃走了。能允许我看看机房吗？"

"机房？"

"那个操控电梯机器的房间。在那里，我

可能会发现一点线索。"

大楼管理员叽里咕噜地
说了一些抱怨的话，但是，
我都没听懂。然后他才走向
电梯，并给了我一个手势，
示意我跟着他走。

机房并不比我自己家里的小房间大多少。
墙的一边是操纵台，另一边是工作桌。我在搜
索中发现的唯一线索是一根黑色的长发。我把
它和保罗·保尔森房门前发现的那根头发放在
一起。一眼看上去，这两根头发似乎来自同一
个头。

"您是唯一有这机房钥匙的人吗？"我问大

楼管理员。

　　他摇摇头，回答说："急修工人也有一把。还有第三把钥匙，我把它放在这机房的门框上面了……"说着，他就把手伸到门框上摸来摸去。"哎，钥匙呢？"他自言自语地说着，"我确实是把它……"

　　"有人偷走了钥匙。"我打断了他的话。

　　"你确信？"

　　"这是确凿无疑的，就

像我的名字叫克瓦特一样。"

大楼管理员的脸色变得很苍白。"我马上

派人把锁换掉！"他喊道。

"请您不要这样做。"我请求他说，"请给我一天的时间。"

"你想抓住歹徒？"他说。

我点了点头。

"难道说，你想用突然袭击的方法把他抓住？"

我又点了点头。

"好的。"他说，"给你一天时间。但是，你不要对任何人说起我们的约定，听到了吗？否则会给我带来麻烦的！"

"不用担心。"我安慰他道，然后又问，"在保罗先生搬进来之前，是谁住在那间房子里？"

大楼管理员没想多久，就回答说："是莫勒一家，有父亲、母亲和一个女儿。三个星期前，他们就搬走了，因为没有能力继续支付这房子的分期付款。"

"您的意思是说，这家人破产了？"

"你说得对，克法德。"

噢，我的神探卡莱·布鲁姆奎斯特啊！

"我叫克瓦特。"我纠正了他的错误，继续问他，"这一家三口现在住哪儿？您知道他们的地址吗？"

大楼管理员抓了抓后脑勺，回答说："如

果我把他们的地址透露给你，这会给我招惹麻烦的。"

"真让人难以置信！"我叫了起来，"有人控制了电梯，而您却在说什么招惹麻烦的话！"

大楼管理员自言自语地轻声骂着，随后走进了他自己的房间。

没过多久，他又出来了，把一张纸条塞在我的手里。他说："我从来没给过你这张纸条。如果有人想知道，你是从哪里得到这张纸条的——反正，肯定不是从我这里拿的。懂了吗？"

"懂了。"我回答说，"最后一个问题：那个女孩的头发是什么颜色的？我是指莫勒家的女儿。"

"玛雅吗？她的头发是黑色的。"

"您能肯定？"

"百分之百。她有一头漆黑的长发。"

在回公共汽车站的路上，我看了一眼那张揉皱了的纸条上的地址。如果我没搞错的话，这莫勒一家的新房离码头公寓的距离不会超过1公里。

亲爱的妈妈：
　　今天我在第**4**节
课后，必须留校做扫
地、冲洗厕所等卫生
清洁工作。我要 ♡
晚一点回家。

第二天，几乎还没等放学铃声响起，我就奔向公共汽车站了。早晨出门时，我给妈妈写了张纸条，告诉她我必须在学校里多待一些时间，请她不要为我担心。

当然，尽管这样，她还是会为我担心的。妈妈就是这样。

我很快就找到了玛雅·莫勒住的房子。我

躲在马路对面茂密的灌木丛后，耐心地等着。侦探必须有耐心。尽管如此，这一次的等待仍然比以往任何一次都使我感到困难。因为，很遗憾的是我忘了带一瓶牛奶，卡本特牌口香糖也已经吃完，所以我只能咬着我的两个食指指甲来打发时间。

不知什么时候，一个留着黑色长发的女孩来到街上，走进了一幢房子。这就是一个小时以来，我所观察到的一切。哇！这女孩看上去真漂亮。但是，我现在不能让这些事分散自己的注意力。

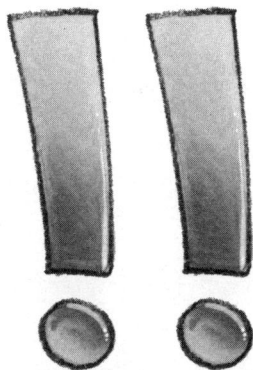

这个女孩很可能就是玛雅·莫勒——我的主要嫌疑人，而我的任务就是要让她停止恶劣的行径。

半小时以后，这女孩离开了那幢房子。她把头发塞在红色的棒球帽里，穿着一条橄榄绿的灯芯绒裤子，向四周张望了一下，就朝公寓方向跑去。在码头公寓的大门前，她站了一会儿，整了整棒球帽，然后走了进去。

现在对我来说，不再有疑问了：这位肯定就是玛雅·莫勒！我慢慢地从1数到20，然后跟了上去。电梯仍然停在底楼，可以听到从某一层楼道里传来吧嗒吧嗒的脚步声。除此以外，四周静悄悄的，安静得阴森恐怖。

我蹑手蹑脚地跟着脚步声，来到机房前，把耳朵贴在门上，毫无疑问，我可以听到门里的声音。我盼望的时刻终于到来了——我以最快的速度猛地打开门，跳进了机房。

那女孩正坐在操纵台的转椅上，睁大眼睛盯着我。

"什……什……什么人……"她吓得说话也结结巴巴的，还没有说完就咳了起来。

在她咳嗽了好一阵子之后，她又开始说话了。

"你……你在这里干什么？"她问。

"我也正要这样问你。"我回答说。

她取下红色棒球帽，一头漆黑的长发披散下来落在了肩上。"你是谁？"她的声音听起来好像已经恢复了平静。

"克瓦特。"

这时，她的眼睛睁得更大了。

"总……总不会是那个侦探吧？"她结结巴巴地说。

真见鬼，这个女孩认识我。

"正是我。"我回答说。

"你是怎么找到我的？"她轻声地问我。

"这并不难。"

她站了起来，把身体靠在墙上。"是37层楼的那个男人委托你干的，对吗？"她问。

我点了点头。

"你从我这里什么也得不到。"她喃喃自语地说，"一句话都不会有。"

"随你便。"说着，我就抓住了她的胳膊，"现在我们一起到大楼管理员那里去，他将怎么处理你，我可不知道，但肯定不是什么令人高兴的事。"

我的背心有17个口袋，我从其中一个口袋

里拿出了一个塑料袋，里面装有两根黑色的头发。"或者，要我马上去警察那里吗？"我问她。

玛雅挣脱了我的手臂。"好吧。"她生气地说，"你想知道什么？"

"所有的情况。"我说。

她犹豫了一会儿，然后又坐到了转椅上，开始诉说她的故事。在几个月以前，她从她爷爷那里得到了一份礼物，那是一只捕鸟蜘蛛。他是世界上最好的爷爷，他知道，很久以来她

送给
玛雅

一直有这样一个愿望。

"一只捕……捕……

捕鸟蜘蛛？"我结结巴巴

地说着。看起来，好像结

巴也会传染。

"你不喜欢捕鸟蜘蛛？"她反问我。

"不怎么特别喜欢。我更喜欢狗。此外，捕

鸟蜘蛛是有毒的。如果它们咬了你，你会死的！"

她笑了，说："胡说八道，克瓦特。只是

有点疼而已，不会发生很严重的事。它的叮

刺，不会比蜜蜂更危险。"

我仍然不相信地问："真的？"

"真的。"她回答说。

玛雅继续说：她不能让她的爸爸妈妈知道这个礼物。因为他们根本就不会同意在房间里养任何动物——当然，捕鸟蜘蛛就更不可能。所以，她把捕鸟蜘蛛很巧妙地藏了起来，没有引起她爸爸妈妈的丝毫怀疑。

但是，在搬家的那一天，捕鸟蜘蛛溜走了。尽管她找了它几个小时，但是仍然没有找到它。

"所以你就想，"我说，"继续找你的捕鸟蜘蛛。"

玛雅点了点头。

"那么，也是你让保罗·保尔森卡在电梯里的?"

64

我继续说。

她又点了点头。

"这是为什么呢?"我喊了起来,"这个人得罪过你吗?"

"我要他搬出去。"玛雅回答说,"我想让他感到害怕,住在这样有故障电梯的房子里。如果家具搬运工来了,那么我就有可能溜进屋里找到我的捕鸟蜘蛛。在忙乱时,是没有人会注意到我的。"

"为什么你不按保尔森先生家的门铃,问问他是否允许你寻找你的捕鸟蜘蛛呢?"我想

知道。

玛雅笑着说："什么？你认为如果那样做，我就能找到弗里德希吗？"

哈哈哈，原来这只捕鸟蜘蛛的名字叫弗里德希！谁会给捕鸟蜘蛛起一个这样奇怪的名字？！

她继续说："保尔森要么报警，要么给我的爸爸妈妈打电话。这样，他们就会拿走我的弗里德希。这个我可以和你打赌。"

"这个人是飞行员。"我说，"他肯定不怕捕鸟蜘蛛。"

"飞行员也会害怕的。"玛雅反驳我说。

"你是从哪里知道的？"

"我的叔叔就是这样。每当他看到蚊子时，就会惊慌失措。"她回答说，"而他还是联邦国防军的飞行员呢。"

"那你是怎样让电梯停在两个楼层之间的呢?"我问道。

玛雅从口袋里掏出一个小小的无线电接收器，说："我爸爸是电子工程师。他教过我一些这方面的知识。如果把一个电子闭锁装置装在电梯操纵系统中，就可以无线操作了。"

　　我应该告诉她吗，我在电梯里所经受的恐

惧？我应该告诉她吗，她所

做的事会引起严重的后果？

经过短暂的考虑，我放弃了

这些想法。首先，玛雅看起

来好像并不会对我的意见感兴趣。其次，我能

肯定，今天是她最后一次出现在机房里了。

"你是怎样得到钥匙的？"我继续审问她。

她指了指门框说："很简单。"

"把钥匙放回去。"我命令她。

她照我说的做了。

"来。"我说。

"去哪儿？"

"去你们的老房子。"

前后总共只用了半个小时，我们就把弗里德希找到了。它躲在储贮室的电闸后面。这只捕鸟蜘蛛有黑色的绒毛和令人恶心的长腿，尽管已经饿了两个星期，但它看起来仍然是相当危险的。如果保罗·保尔森偶然发现它的话，这肯定是他一生中最惊恐万分的事了——即使他是一名飞行员。

玛雅小心翼翼地把她的捕鸟蜘蛛放进一个塑料袋，然后向我告别。

"你要告发我吗？"她问。

"不。"

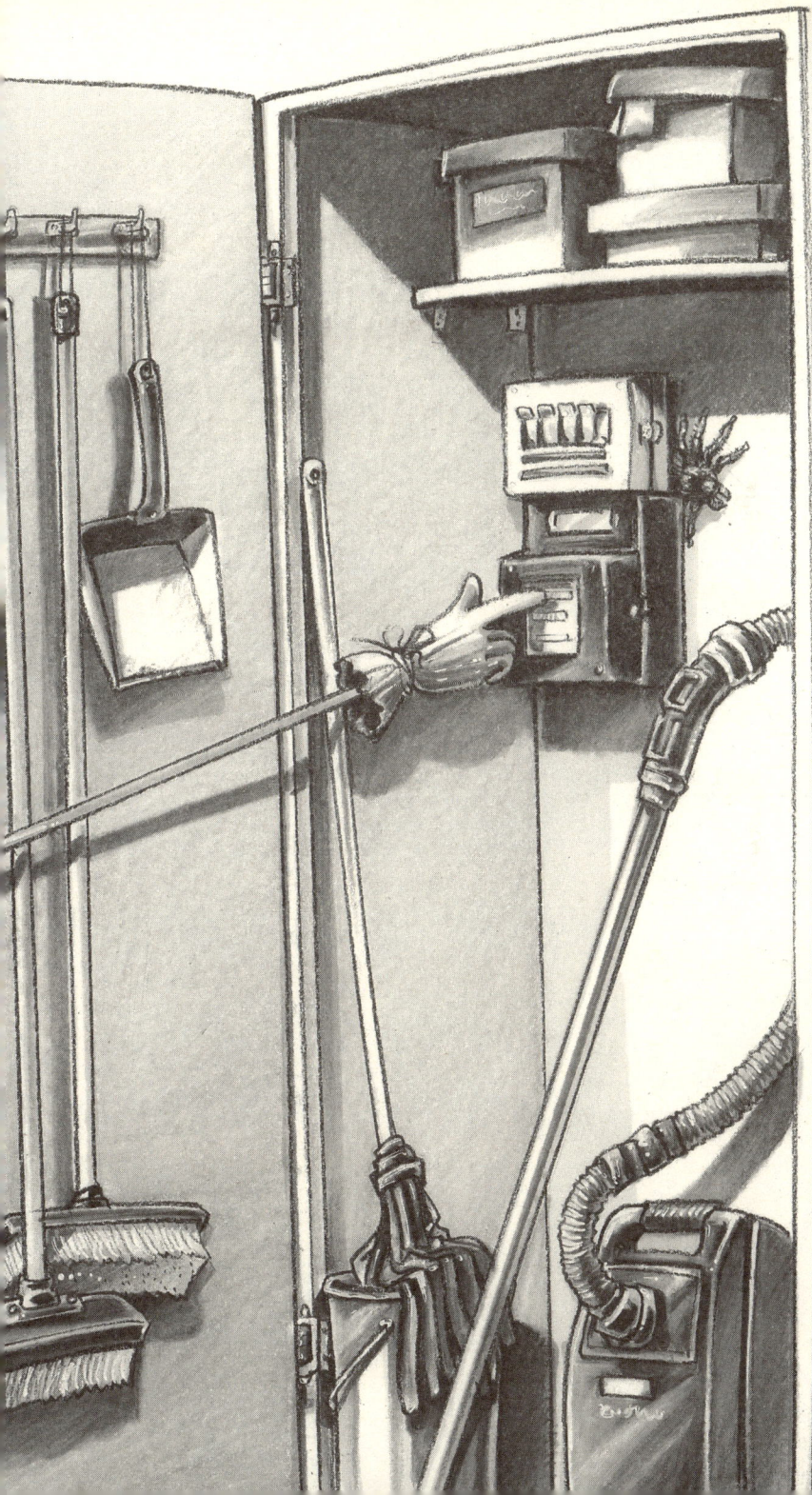

"谢谢，克瓦特。"

"但有一点。"我说，"如果有一天，我需要一位懂电子技术的人，你能帮助我吗？"

"当然。"她在我的脸颊上吻了一下，然后飞快地闪进了电梯。而我呢？我目瞪口呆地站在那里，真遗憾，她没有在我的另一边脸颊上也吻一下。但是，《私家侦探基本守则》的金科玉律第 10 条是：

金科玉律
第 10 条：
**不要亲吻侦探！**

一星期以后，我把房间钥匙还给了保罗·保尔森。他穿着一套健身服。不穿制服的他，看上去个头要比平时更矮小一些，但是他的握手还是像之前一样，给人留下深刻的印象。

"案子破了。"我说。

"哦，真了不起。"他说，"谁是作案犯呢？"

"一个小姑娘。她叫玛雅。"

"她想偷我的东西吗？"

我摇了摇头。

"也是她让电梯卡住的吗？"

我点了点头。

"她为什么要干这种事呢?"他叫了起来,"她为什么要跟我过不去呢?"

我应该把捕鸟蜘蛛的事告诉保罗·保尔森吗?最好不要说。如果他知道他和一只八脚怪物生活过,他会晕过去的。我可不愿意承担这个责任。

"她有她的各种原因。"我说。

飞行员皱起眉头,看着我说:"你不愿意透露给我听,是吗?"

"是的。"

"好的,那我们就不谈这些。你能向我保

证，从现在起，我可以高枕无忧地生活了吗？"

"千真万确，就像我的名字叫克瓦特一样。"我回答说。

他拿着钱包，抽出一张5 欧元的纸币给我。

当我告别时，他对我说："代我向奥尔佳问好。"

然后他又问我："你坐过飞机吗？"

"当然。"

"坐在飞行员身边呢？"

"坐在飞行员身边？我想，那里是不允许其他人进去的！"

"你是否愿意呢?"

"当然啰! 您想……我的意思是……您允

许我坐在您身旁，和您一起飞?"我激动地叫了起来。

"看情况吧。我会打电话给你的。"

现在，我每天都在等保罗·保尔森的电话。无论是去纽约，还是去芝加哥，或者是去巴黎，我都很乐意，只要我能亲眼看着飞行员开飞机就行。

当我在星期六早晨准时偿还我的债务时，妈妈并不怎么高兴，因为她已经为自己再也不用打扫浴室而高兴过了……

# 克瓦特探案集

## 奶酪风波

刘景姝 译

你能相信吗，这世界上居然真的有人对我这个私家侦探的苦差事感到眼热。更令我惊讶的是，我的好朋友兼铁杆粉丝奥尔佳居然也这么不开窍。"哎哟，克瓦特，"昨天她忽然对我说，"我多想跟你换一换啊！"

按说奥尔佳对我是知根知底的，毕竟我俩认识都快半辈子了。我真想让她说说，她到底看上了这份工作的哪一点：半夜摸黑爬起来调查，即使一点也不想离开被窝？满世界跟踪嫌疑人，即使磨穿鞋底？无论什么天气，都要在户外监视，即使蹲点蹲到腿抽筋？

实际上，一个私家侦探的生活既艰苦卓绝又孤独难耐。要是没点儿毅力，绝对干不了这个活儿。

不过，这份工作也并非一无是处——当我沉浸在追逐真相的快乐之中时，当案情几个小时后就能水落石出时，侦探工作对于我来说就是全世界最棒的工作。所以，我从来没想过要和奥尔佳换工作。当然，她的售货亭里有我钟爱的卡本特牌口香糖，换了工作以后我就再也不用操心没口香糖吃了。但要让我去卖报纸、糖果、雪茄、烈酒和巧克力，还得天天围着柜台打转？我看还是算了吧。

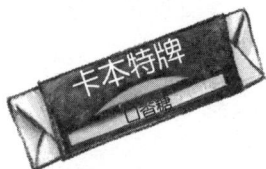

说到这儿，我刚办完的新案子还真跟糖果有点儿关系，确切地说是柠檬糖。不过，也只是沾了那么一点边而已。实际上这案子是……嗯，我还是从头说起吧。

在我的记忆里，我总是整栋公寓楼里唯一的小孩。

住在我家楼上的贝克尔先生刚刚过完

七十五岁生日。住在我家楼上的施罗德太太已经年近九十。说真的，我对此一点儿也不在乎，因为我对老年人没有偏见。再说，他们不光一直对我特别和气，还老送我糖果。不错，他们送得最多的就是柠檬糖。

不过，我有时还是挺希望邻居家能有个年

龄相仿的小孩跟我一块儿玩。

终于，暑假刚开始的时候，一个阿姨和她的双胞胎儿子搬进了一楼的那套公寓里，那里已经空了好几个月。那两个男孩一个叫马科斯，一个叫莫里茨，正好跟我同龄。

马科斯的眼睛是蓝色的，莫里茨则是褐色的；马科斯稍高，莫里茨略矮。他们搬进来的时候，我透过窗户看到了搬家的全过程。乖乖！他们带过来的真是所有男孩梦寐以求的全套标配：索尼游戏机 PSP、任天堂游戏机 GB[1]和电脑。唉，可惜我就没有这么好的东西。老妈坚持认为，我每天只能看半个小时的电视，

---

[1] PSP、GB：分别是 Playstation Portable、Gameboy。

每周玩三次电脑，每次一个小时就足够了。她一直都没明白，其实我们已经生活在二十一世纪了。

他们搬进来的第三天，我就迫不及待地到新邻居家登门拜访。双胞胎的妈妈虽然来给我开了门，但她马上告诉我，她的儿子没时间，随后就当着我的面砰的一声关上了门。

第二天，我又去他家敲门。这次来给我开门的是马科斯，他说弟弟和他正准备出去。第三回我又在莫里茨那里碰了钉子。这么一来，我算是彻底死了心，再也不去找他们了。我总不能强迫那两个家伙跟我玩吧！不仅如此，平时我在楼道里碰见他们的时候，他们也几乎一言不发。如果在街上偶遇，他们甚至会早早地换到马路的另一边去。就算我不是侦探也能看出来，新搬来的这家人有点不对劲。

不过，奥尔佳对此却另有看法。上次，我的卡本特牌口香糖吃完了，趁着去她的售货亭的时候，我跟她说起了这件事。"也许他们经历过什么糟糕的事情。"她说。

"能有什么糟糕的事？"我问道。

"也许是哪个家人去世了，或者是双胞胎的妈妈失业了。"她答道，"他们只是需要时间去适应。"话音未落，她却忽然转变了话题，"我说，你最近到底有没有接新案子啊？"

我摇了摇头。

"我这儿倒有个案子想给你。"她高兴地说。

在马科斯和莫里茨那里碰了一鼻子灰以

后，调查新案子确实能让我抖擞精神。"快说，快说。"我急切地问道。

"我的一个在保龄球俱乐部里的朋友丢了一只猫。"奥尔佳慢条斯理地讲道，"我向她推

荐了你。现在她想问问，你愿不愿意……"

"没门儿！"我坚决地打断了她的话。

"你还不知道她要干什么呢！"奥尔佳说。

"这还用问！"我激动地叫起来，"我的回答是'没门儿'！我绝不去给人家找猫！"

奥尔佳应该知道，私家侦探有条雷打不动的原则，那就是永远不能去帮别人找宠物。

"得啦，你这个死心眼儿！"她满不在乎地说，"那可是一只真正的法国蓝猫。如果找到了，我的朋友答应给你十盒卡本特作为谢礼。"

"那也不行，"我丝毫不为所动，"你别叫我死心眼儿！"

"好吧，我的小甜心。"

回家的路上我心事重重。我已经说过了，私家侦探的生活既艰苦又孤独。也许我真该接了那个找纯种猫的案子？怎么说这也比干坐着强啊。再说，十盒卡本特牌口香糖的诱惑确实

不小。

但是，万一被其他的侦探知道了，我该怎么办？

"嘿！你听说了没有，那个大名鼎鼎的克瓦特居然沦落到替人找猫去了。"他们肯定会

在背后这样议论。不成，我还是得坚持等到有适合我身份的案件才行。

真是天助我也。一转眼的工夫，新案子居然出乎意料地从天而降。当我一进家门，发现老妈正在等我。"我的灯没了！"我还没向她打招呼，她就气急败坏地叫起来。

"什么灯？"我摸不着头脑地问。

"自行车上的车灯！"老妈继续叫道，"肯定是让人给偷了！"

"先别着急，"我一边安慰她，一边问，"是在哪儿丢的？"

"就在地下室。我跟平时一样把车停靠在

地下室的墙上，然后就有人……"

"您确定那个灯是被人偷走的？"不等她说

完，我又问道。

"当然确定！车把上留下一个撬过的印子，

我都检查过了！"

"现在怎么办？"我问。

"现在该你出马了。"老妈答道。

寻物启事
妈妈的车灯

这可是我头一次接受老

妈的委托，帮她查案。

这不，刚吃完午饭，我就马上开始调查了。我要让老妈看看，我不仅是办案质量最高，还是速度最快的私家侦探。

我在楼道里上上下下地折腾了半天，努力地想找到一些蛛丝马迹，结果却在楼梯里白白地跑了两个多小时。害得我气喘吁吁、两腿发软不说，还不得不承认一个事实：找偷灯贼一点儿都不容易。

另外，我们这座楼里的消息总是不胫（jìng）而走。也难怪，因为老人们最不缺的就是时间。

大家的地下室本来平时都是四敞大开的，一旦听说丢了东西，邻居们马上在第一时间就给自家的地下室上了锁。不仅如此，他们还把平时放在门外的东西都拿到了屋里，比如没擦干净鞋底的鞋啊，雨伞啊，购物车啊，甚至连准备扔掉的纸板箱都收了回去。

没过多久，楼道里就变得一干二净，只剩两盆半死不活的植物。要是有人跑到这儿来偷东西，那他可就白来了！

不用客气，请随便偷！

不过话说回来，这种情况对于我来说也不是什么好消息。要是所有邻居都躲在屋里不出来，我还怎么调查，怎么找嫌疑人啊？不过，偷灯贼难道真是我们楼里的邻居吗？会不会是有人趁着门没关好溜进来作案的呢？要是这样的话，我就别想抓住这个贼了。

全城那么大，像我这样找个小贼根本就是大海捞针嘛。

为了确保不漏掉任何线索，我只得挨家挨户地拜访，询问他们是否看到了什么可疑的状况。虽然仍是白忙一场，但是这么

一圈转下来，我的手里就多了两块牛奶巧克力和一袋柠檬糖。

马科斯和莫里茨家还是没人开门，可我明明听到屋里有说话的声音。

"怎么样？"吃晚饭的时候，老妈问道。

晚饭吃的是比萨，我们好长时间没叫外卖了。这次的比萨还是我们的老朋友——萨尔瓦多比萨店的弗里茨亲自送来的。要是在平时，面对这样不可多得的美味，我肯定美得找不着北，啊不，是找不着东西南北了。可是这天晚上，我却对着这块全城

最好的金枪鱼比萨食不甘味。

"我还没找到什么头绪。"我沮丧地嘟囔着，把眼前的盘子推到了一边。

"你不吃了吗？"妈妈惊讶地问。"不吃了。"我答道。

她爱怜地抚摸着我的头发："就算你找不回那个自行车灯，也没关系。真的。顶多我再买一个新的就是了。那玩意儿也不贵。"

"新搬来的那户人家就是不给我开门。"我抱怨道。老妈一边听我说，一边把剩下的比萨吃了个精光。"其实他们是在家的。"

老妈耸了耸肩膀："也许他们没听见你敲门。要不就是他们正在屋里吵架呢。"

"不知道。"

"你怀疑是他们偷了车灯吗?"老妈接着问。

"说实话我觉得不太可能。"我思索着回答,"要是您,您会在刚搬到一个地方之后就马上在那儿下手吗?"

晚上睡觉以前,我破例往嘴里塞了两块口香糖,然后马上爬上床,闭上了眼睛。没有几

秒钟，双倍的口香糖就开始发挥神力了。

　　我忽然想到，继续调查其实也没有那么难。既然邻居们都不再往走廊和地下室里放东西，那唯一的办法就是我自己来放了。要是我

能引贼出洞，案情就能真相大白；要是这招不灵，我再转变思路也不迟。

想到这里，我满意地把嘴里的口香糖吐出来，黏到床边的书架底下——那儿已经黏了134块口香糖了。我一关上灯，立刻进入了梦乡。

第二天早上，老妈没有来叫我起床。她在医院里当儿科护士，这天轮到她上早班，所以她早上五点半就出门了。我一直睡到日上三竿才悠悠转醒。

放暑假最大的好处就是能睡到自然醒。没办法，谁叫我没钱度假呢！不过现在可不是赖床的

时候，我得抓紧时间把那个偷车贼引出来。

刚吃完早饭，我就连忙来到地下室，从堆成山的箱子里找出了自己的旧滑板和一些旧电器，把它们堆在了家门口。

接着，我又仔细检查了各处出入口的门是否锁好。

确定楼门都已经关好之后，我回到了家里。一进门，我就立刻搬了一张凳子放在门后，又爬到凳子上，从猫眼观察着楼道里的动静。

一个小时之后，我依然傻呵呵地站在凳子上，眼睛瞪得又酸又疼，连眼泪都快流出来了。可楼道里愣是连一个人影也没有。

就在这时，家里的电话铃响了。我家用的还是老式的有绳电话，要接这个老古董必须走到厨房里。

"喂，克瓦特家。"我跳下凳子冲进厨房，接起了电话。

"找一下哈纳曼。"

"不对，这里是克瓦特家。"

"怎么回事，我拨的是 379554 啊。不是阿

尔弗雷德·哈纳曼家吗?"电话中的声音十分沙哑。

"您拨错了,"我说,"这是379555。再见!"

放下电话,我立即跑回我的"瞭望台",重新把眼睛凑到了猫眼前——真是见鬼了,我一眼就发现我的滑板不见了。居然就这样不翼而飞!邪门了!

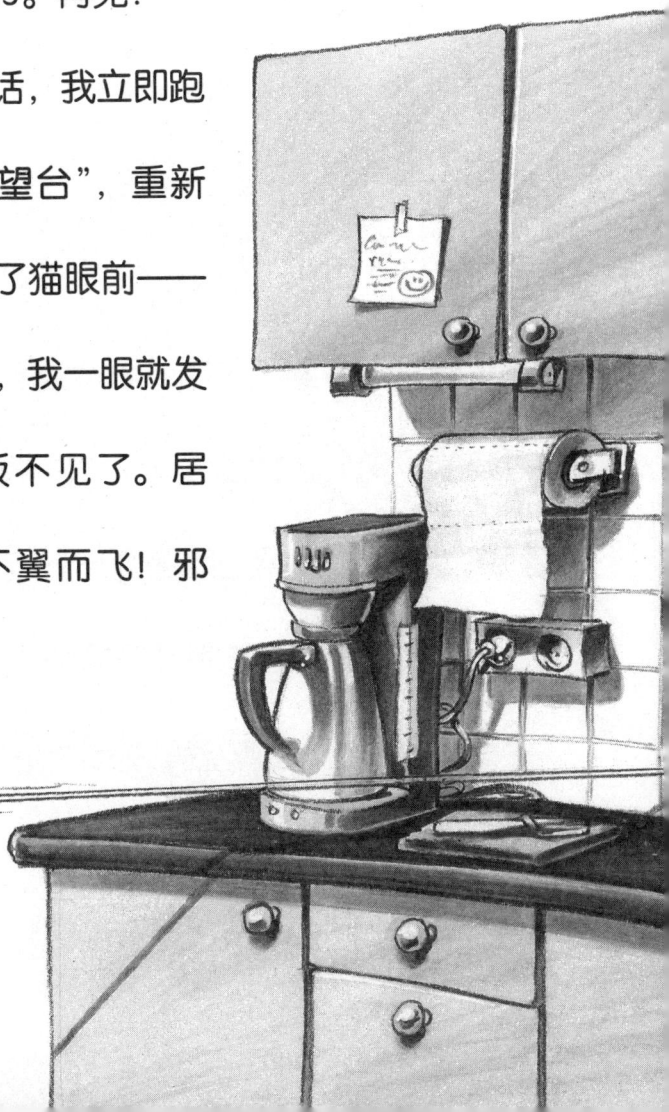

我赶快闪身出门，先将整个楼道和地下室上上下下查了个遍，又趴在每户邻居的门上仔细地听了听，但到处都死气沉沉，没有一丝动静。

我仔细地回想刚才的情况：接电话的时间最多不超过一分钟，而各处楼门也是锁好的。毫无疑问，作案者肯定是我们楼里的邻居。我一屁股坐到家门口对面的楼梯上，抽出了一块卡本特牌口香糖放到嘴里。看来我得给脑细胞充充电了。

刚才的电话难道就是调虎离山之计？会不会有人故意给我打电话，好让同伙趁机下手？难道偷灯贼不是一个人，竟然还有两个？会不会是马科斯给我打电话，而莫里茨偷滑板？还是倒过来？

就在我冥思苦想的时候，我的目光无意识地落到了门口的地垫上。忽然，垫子上一小块白色的东西引起了我的注意。那东西摸起来很软，有点湿乎乎的，没有什么特别的味道。

出于职业的敏感，我把这块小东西捡起来，放到了随身携带的保鲜塑料袋里。要知道，这可是优秀侦探必不可少的随身装备。

随后，我又来到了地下室，在妈妈的自行车旁仔细搜寻。果然，在车旁边的地上我也找到了一小块相同的白色物体。看来，我终于找到线索了！

这是我今天第二次敲各位邻居家的门，并依次把塑料袋拿给他们看。

施罗德太太又给我拿了一袋柠檬糖，却完全说不出袋子里装的是什么东西。

贝克尔先生先是不耐烦地抱怨道："能不能让人安安静静地吃顿早饭啊！"然后瞪着我的袋

子说，"这玩意儿看起来像是个蛆的蛹，是吧?"

最后，我按响了一楼新邻居家的门铃。过了好一会儿，我听到一阵脚步声，门终于打开了。开门的是马科斯。

"我能进去么？"我问。

"妈妈不在家，我们不能让别人进来。"他答道。

我把袋子举到他眼前："你知道这里面装的是什么东西吗？"

他摇摇头。

"那莫里茨呢？"

"他不在家。"

"你们会玩滑板吗？或者轮滑？"

他再次摇摇头。

"那你们每天都在干什么呀？"我追问道。

"什么都干。"马科斯说完就关上了门。

不知什么时候，天上飘来滚滚乌云，转眼居然下起了雨。尽管如此，我还是冒雨跑向了奥尔佳的售货亭。我闷得难受，必须找人聊聊。这时候去找她准没错。

她的售货亭里居然没人。这可真少见。奥尔佳正坐在柜台后面织毛衣。"你好呀，我的小天使！"她高兴地向我打招呼，"你又来买口香糖?"

"我不是你的小天使。"虽然我知道抗议也没用，但仍然不甘心地嘀咕了一句。要是我不顶她一下子，情况肯定一发不可收拾。

她把手里的编织活儿放到一边，问："发生什么事了?"

"不要口香糖。"我一边说，一边往柜台前凑了凑，因为售货亭屋檐上的水全滴到我的脖子里了。

"那来杯橘子汽水怎么样?"

"也没兴趣。"

她从保温瓶里给自己倒了一杯咖啡。"不要口香糖，也不要橘子汽水? 你不会生病了吧，克瓦特？"

　　我把这两天的遭遇原原本本地向她叙述了一遍。她聚精会神地听着。随后，我又把保鲜袋递给她。"哦，这是莫泽雷勒呀。"她认真地看了看那两块白色的东西，最后说道。

　　"什么东西？"

　　"莫泽雷勒，"她重复了一遍，"一种淡味的意大利奶酪。一般和西红柿一起吃。上面放几片罗勒叶子，再浇一点

橄榄油和黑葡萄香醋。克瓦特，那味道真的是香极了。"

这几样放一起能香极了？我觉得这真是难以想象。不过，大人们的口味有时候就是很奇怪。

"不过，我觉得新来的邻居肯定没偷车灯和滑板。"她说。

"那会是谁啊？"我不服气地叫道。

"你动动脑子，我的大侦探。"她说着拿起了毛衣针，"那对双胞胎不玩轮滑，也不玩滑板，估计成天就是宅在家里打电脑游戏。他们俩偷个车灯和滑板干吗用啊？"

奥尔佳说得倒是不无道理，但我不甘心就

这样认输。

"要是他们就为了偷着好玩呢?"我胡搅蛮缠道,"要是他们就是想找点儿刺激呢?要是他们什么都为呢?"

"你是想说'什么都不为'吧!"奥尔佳纠正我说,"说实话,我觉得这不太可能。"

一时间,我俩都不再说话,奥尔佳停下了手里的毛衣针,我则纠结地啃着手指甲。

最后,我打破了沉默问道:"那你觉得是怎么回事呢?"

"你们楼里还住了什么人?"她问。

"有个施罗德太太。"我答道。

"不认识。"奥尔佳说。

"还有一个贝克尔先生。"

"这人我认识！"她叫道，"他老上我这儿买雪茄，不过都是挑最便宜的。"忽然，她的神情严肃起来，"贝克尔先生特别爱吃莫泽雷勒……"

"什么，奥尔佳，你再说一遍！"我急忙打断了她的话。

"有一次他告诉我，没有莫泽雷勒配西红柿他就活不下去。"

"可是我问他的时候，他却装得好像根本不认识这个东西一样。"我说。

"那准是他偷的。"奥尔佳肯定地说道。

"可是，一个老头要滑板和自行车灯干什么用啊？"我疑惑道。

奥尔佳耸耸肩："你是侦探，克瓦特。你得好好想想！"

回到家后，我躺在床上，往嘴里一下子塞了三块卡本特牌口香糖。窗外的雨越下越大，雨滴噼噼啪啪地敲打着窗户。我的大脑伴随着雨滴的节奏运转了起来。莫泽雷勒——滑板——自行车灯：这三样东西之间到底有什么联系呢？我冥思苦想了半天，脑子转得都七窍生烟了，可还是没想出个所以然。一个带灯的滑板倒是有点可能，可是上边站个贝克尔先生就太不对劲了。

再说，那个什么奶酪跟这些东西又有什么关系呢？

我想得筋疲力尽，不知不觉就睡着了。

醒来的时候，雨已经停了，窗外阳光普照。我猛地翻身跳下床，飞快地跑到一楼，按响了双胞胎家的门铃。"你们家有莫泽雷勒奶酪吗？"莫里茨和马科斯刚把门打开，我就急匆匆地问道。

兄弟两人满脸茫然。"什……什……什么东西？"莫里茨结结巴巴地问。

我从背心兜里掏出保鲜袋，重复了一遍刚才的问题："这是从一块奶酪上掉下来的。你们知不知道，在你们家冰箱里有没有这种奶酪？"

"可……可……可能有。不……不……不过……"这回轮到马科斯结巴了。

"借给我点儿怎么样?"

莫里茨倒抽了一口气:"妈妈不在家。我们不能……"

"你们到底能干什么呀?"我打断了他的话,认真地告诉他,我是一名私家侦探,现在我急需一些莫泽雷勒奶酪。

"现在我能进去了吧?"说完后,我再次问道。

莫里茨犹犹豫豫地朝旁边让了让。"要是我妈妈回来了……"他又开口道。

"那我就马上走。"我接过他的话头。

往厨房走的时候,我装作不经意地看了看屋内的情况。客厅和卧室收拾得非常整洁。兄弟俩的房间里放着一张双层床,电脑是开着的,写字台很大,上边堆着一些书和本子。我没有发现自行车灯或滑板的踪迹。不过,本来我也没想过能看到什么。

来到厨房里,马科斯找出了两袋莫泽雷

勒，放到我的手里。袋子里的奶酪是圆形的。

"你什么时候还我？"他问。

"明天。"我答道。

"你不想告诉我们，你要这个干什么用吗？"

"我可以告诉你们。那你们可得给我
帮忙！"

"帮什么忙？"

"抓小偷。"

那天晚上我酣然入睡。早上醒来之后，我发现老妈在厨房的桌子上留了一张便条。

东西可以等会儿再买，我手头的事情更重要，一点儿也不能耽误。昨晚，我把莫泽雷勒奶酪藏到了冰箱的酸奶后面。现在，我把奶酪拿了出来，剪开袋子，又把袋子里的水倒进了水槽，最后才把湿漉漉的奶酪取了出来。随后，我又从妈妈的针线盒里找出两卷灰色的细线，小心地在每块奶酪上系了一根长约十米的线。

完工之后，我拿着奶酪出了门。双胞胎已经在门口等我了。我们无声地交换了几个手势之后，我就上楼去找贝克尔先生。

　　我悄悄地走到贝克尔先生的门前，小心地把两块奶酪放到正对他门口的楼梯栏杆上，再把那两条肉眼几乎看不到的细线顺着楼梯间的缝隙垂到了地下室。一切安排好之后，我按了一下门铃，然后迅速地跑到楼上藏了起来。

昨天我已经看好了一根柱子，躲在那里能够清楚地看到贝克尔家门口的情况。我刚跑到那里蹲下身，贝克尔就打开房门，走了出来。他四下看了看，没找到敲门的人，感到有些奇怪的他嘟囔了两声。就在他正要转身回屋的时候，他发现了放在楼梯栏杆上的那两块奶酪。他只犹豫了一瞬间，就抬起手准备拿走其中的一块。

现在该轮到马科斯和莫里茨了，他们肯定正站在地下室里摩拳擦掌、等待上阵呢。

果不其然。贝克尔先生的手刚一碰到奶酪，那块奶酪就一下子掉到楼下去了。贝克尔先生只好伸手去拿第二块，结果这块也从他的手指缝里滑落了下去，没能幸免。

"我可真够笨的。"他一边埋怨着自己，一边顺着楼梯慢慢走下楼去。居然连房门也没有

关。看来，贝克尔先生还真不是一般地爱吃莫泽雷勒奶酪。

到目前为止，一切都按照我的计划顺利地进行着，双胞胎的任务完成得出色极了。

趁此机会，我闪身溜进贝克尔先生的房间，不费吹灰之力就找到了想找的东西：滑板就放在卧室的地上！自行车灯夹在滑板的前沿，车灯后有一条电线连接着滑板的轮轴。

就在这时，我听到房门关闭的声音。我急忙抓起滑板，走出了卧室。贝克尔先生看到我大吃一惊，手里的两块奶酪差点全掉到地上。

看来，马科斯和莫里茨已经按照我们的计划，飞快地把缠在奶酪上的线拆掉了。

"怎么是你，克瓦特?"贝克尔先生的声音有点颤抖。

我举起手中的滑板。"这是怎么回事？"我问道。

"我得先坐下。"他一边说，一边走进了客厅。

"到底是怎么回事？"我追问道。

"你是故意引我上钩的吧？"他沮丧地问。

"当然。谁叫我是克瓦特呢！"我答道。

他从一个木盒子里挑出一根雪茄烟，点了起来。天啊，这烟的味道可真够呛人的。

"你准备去报警吗?"他问。

"那要看情况了。我想先听听您是怎么说的。"我平静地答道。

他深深地吸了一口雪茄烟,从我手中拿过滑板,把它放到地板上滑了出去。瞬间,滑板前面的车灯射出了一道明亮的光。

"这上边安了一个微型的摩擦发电机,"他告诉我,"是我发明的。"

"那又怎么样呢?"我不以为意道,"您半夜还会出去滑滑板吗?"

"我不会。"他回答说,"不过你也许会。谁知道呢。"

之后他告诉我,他本来是个工程师,但在

退休后拿到的退休金却少得可怜。有一天，他看见我在大街上玩滑板，于是他突然想到，如果让孩子们在晚上也能安全地滑行就好了。因为他年轻的时候也喜欢玩到很晚才回家。而且，要是他能为这个发明申请到专利，再找到愿意批量生产的厂家，那他就能赚到一些钱来贴补自己的生活了。

"然后呢？"

他把没抽完的廉价雪茄放到烟灰缸里。"我的发明是可行的。刚才你也看见了，克瓦特。"

"那您也不能偷我妈的自行车灯啊！还有我的滑板！"我叫了起来。

"我本想明天就把这两样东西悄悄放回

去。"贝克尔先生感到有些惭愧，他小声地说道，"我只是想测试一下，看看这个摩擦发电机能不能用。"

这时，他才发现那两块奶酪被他放到了沙发上。

他连忙把那两块奶酪放进厨房，又拿着一听可乐走了出来。"给。"他说，"你现在还要去报警吗？"

我摇了摇头。

"你会把这事告诉你妈妈吗？"他接着问道。

我再次摇了摇头。

"那你打算怎么办呢？"

我一口气喝光可乐，站起身来，从他手里拿回了滑板。"没什么打算，"我答道，"祝您成功。说不定这个'炫酷滑板'真能流行呢！"

"'炫酷滑板'，这个名字可真不错！"他说，"谢谢你啦，克瓦特。啊，等等！"

我正要出门，他却忽然叫住了我，然后跑进厨房，拿了两袋莫泽雷勒奶酪出来。"还给你，"他说，"我这儿还有好多呢。"

"我知道。"

"谁告诉你的？"

我不想把奥尔佳也牵连进来。"这是我的秘密。"我故作神秘地答道。

我来到一楼，敲了敲门，这次开门的却是双胞胎的妈妈。

"你有什么事？"她和前几次一样，显得很不耐烦。

"我必须跟您的儿子们说句话。"我答道。

看到她摆出一副拒人千里的脸色，我只好补充说："就几句。"

"他们没时间。"

"好吧，"我无奈地说，"那就请您告诉马科斯和莫里茨，一切都很顺利。啊，对了，还有，这件事跟谁都别说。"

"跟谁都别说？那告诉……我……也不行？"

"没错，"我答道，"您也不行。"

　　星期三，当我把车灯还给老妈的时候，她惊讶得合不拢嘴。"你怎么这么快就把案子给破了？"老妈捋着我的头发问。

　　"这是职业机密。"我答道，"要是魔术师

把机关泄露出来，魔术就不灵了。私家侦探这行也是这样。"

"告诉我吧！"老妈笑嘻嘻地恳求道。唉，所有的妈妈都这么爱打听，我的老妈偏偏还是个极品。

"没门儿。"我一口回绝。

老妈把车灯放到冰箱上。"看来你还真是个不错的侦探。"她说。

"过去您可从没这么夸过我，妈妈。"

她又宠爱地捋着我的头发。

"说吧，让你来决定怎么庆祝今天的胜利。"她说。

我想了想，说："我想吃比萨。"

"我们昨天不是刚吃过吗?"老妈一副不赞成的口气。

"不是说让我决定吗?"我不服气地叫起来。

半小时之后,送外卖的弗里茨就站在了我家门口。和萨尔瓦多比萨店的所有外卖员一样,他也是滑着轮滑来送餐的。因为城里经常堵车,所以穿轮滑鞋反而比开车快。比萨送来的时候还是热腾腾的呢!我接过他手中的包装盒,将数好的钱递过去,问:"你觉得滑板上安个灯怎么样?"

他抹了一把额头上的汗,说:"这主意不错。看上去一定特别拉风。"

146

"要是做个闪光的轮滑鞋呢?"

"那更酷了。"他回答说，"不好意思，克瓦特。我得回去干活了。"

此时此刻，我的心情跟昨晚可完全不一样啦。我从来没觉得金枪鱼比萨有这么好吃过。

更棒的是，妈妈担心吃太多比萨对她的减肥计划不利，特意剩下了半个蔬菜比萨饼。这全让我吃了。吃饱喝足以后，我的肚子胀得像个球，撑得我都快抬不起腿上楼去找贝克尔先生了。

"又有什么事呀?"贝克尔先生打开门问道。他脸上的表情有些不自然，似乎仍然担心我会去报警。

"我想到了一个好主意。"我说，"我能进去吗?"

一走进门厅我就告诉他，现在玩轮滑的人比玩滑板的多。

"你的意思是……"他茫然地问道。

　　"我的意思是，您也可以试着把摩擦灯安到轮滑鞋上。"我接过他的话头说。

　　他仔细地想了一会儿，嘴角渐渐露出了一丝微笑。"你有吗？"他兴奋地问。

　　"有什么？"

"嘿，就是那个什么鞋啊！"

由于肚子撑得像个球，我几乎是手脚并用，才以最快的速度跑回家，为他拿来了我的轮滑鞋。

"能借我多长时间？"他问。

"多长时间都行。"我向他保证，"只要我知道鞋在您这儿就成。"

接着，我又笑着问道，"能不能让我先看看那个摩擦灯啊？"

贝克尔先生摇摇头。

"这是职业机密。"他说，"不过，要是真的成功，我保证你能第一个用上。"

150

几天以后，我给奥尔佳讲了贝克尔先生的

"炫酷滑板"和用莫泽雷勒奶酪破案的经过。

听完，奥尔佳发出了一连串爽朗的笑声。

"那么，你妈妈给你什么奖励呢？"

"一个金枪鱼比萨！"

"唉，你真是太懂事了！"奥尔佳感叹道，

"我要是有一个你这样的儿子就好了。"说完，她递给我一盒卡本特牌口香糖。

"这是……"我没明白他的意思。

没等我问出口，奥尔佳就答道："你帮一个老人实现了梦想。我觉得你做得非常好。嗯，那对双胞胎怎么样了？"

"他们又搬走了。"我说，"太可惜了。他们的爸妈离婚了。现在他们的爸爸到处打听他们的住址。他们和妈妈三人到处搬家，就为了

躲开爸爸的追踪。不过马科斯和莫里茨没告诉

我为什么。"

奥尔佳又从身后摸出

了两盒口香糖放到柜台上。

"这是给那两个男孩的,"

她说,"一定要替我向他们

问好,记住了吗?"

这就是奶酪案件的始末。我一直在耐心等

着贝克尔先生的发明大功告成。有时,我能听

到楼上传来敲打和钻孔的声音,有时我会在楼

道里看到几块莫泽雷勒奶酪的碎屑。直到现

在,贝克尔先生还没有把我的轮滑鞋还给我。

不过我也无所谓。一想到自己将是全城第一个

穿上"炫酷滑轮"的男生，我就打心眼里感到得意。那时，我就能在学校里出尽风头了！

哦，对了，后来我尝了一次莫泽雷勒拌西红柿沙拉，还加了罗勒叶和黑葡萄醋。果然和我之前想的一样，大人们的口味就是很奇怪……

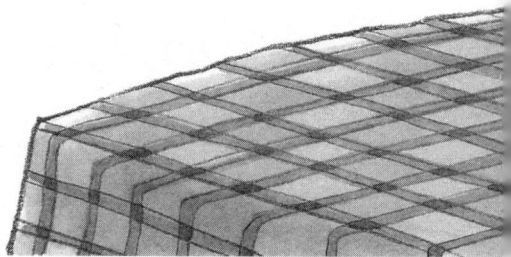

155